ALEXANDRE WEILL

Nouvelle édition considérablement augmentée.

SI J'AVAIS

UNE FILLE

A MARIER

DEUXIÈME VOLUME

PARIS

E. DENTU, LIBRAIRE-EDITEUR

PALAIS-ROYAL, GALERIE D'ORLÉANS, 13

1875

UNE FILLE A MARIER

(Suite)

XVII

Toi qui as lu des livres anglais et allemands, tu sais, ma fille, que les sentiments du cœur ne se manifestent pas de la même manière chez tous les peuples. Le mot amour, si doux, si poétique, si décent en Allemagne, effraye en France tous ceux qui n'aiment pas les aventures galantes. Certains mots naïfs, et qu'on ne remplacera pas, sont pour ainsi dire tombés dans l'indécence en français, et certains types romanesques, populaires en France, ne le sont nullement en Allemagne et en Angleterre. Un amant allemand ou anglais ne séduit pas sa maîtresse; s'il la séduit, la honte est pour lui. Il l'aime respectueusement jusqu'après le mariage. Si tu m'aimes, dit l'Allemande, respecte-moi et fais en sorte qu'on me respecte. L'Allemande se fie tellement à la bonne foi, à la loyauté et au dévouement de celui qu'elle aime, qu'elle est sans défense devant un homme, devant un Français par exemple, qui a l'arrière-pensée d'abuser de sa confiance. Car, n'oublie pas, mon enfant, qu'aucune femme, qu'aucune jeune fille qui permet à un homme de la voir à toute heure et qui entretient avec lui un échange de pensées, de paroles et de sentiments, ne peut être sûre d'elle-même, si cet homme ne sait pas se vaincre, ne sait pas sacrifier un accès de passion à l'honneur, au bonheur de sa bien-aimée.

C'est ce qui a fait dire à une reine d'Espagne que pour séduire une femme, il ne s'agissait pas du *comment* mais du *quand*.

Tôt ou tard la femme qui aime et qui ne peut se fier à l'honneur de son amant a un moment de faiblesse. Que l'homme en profite, et la femme est perdue à tout jamais, même aux yeux de son vainqueur.

Les Allemandes et les Anglaises, ayant confiance dans la bonne foi et dans la dignité de leurs bien-aimés, s'abandonnent plus facilement à cette même confiance. Mille, cent mille exemples prouvent le peu

de danger qu'il y a pour une fiancée allemande et anglaise de voir toute seule son
fiancé durant des heures entières.

*Tandis qu'aucune Française ne peut en
toute sûreté rester seule avec un Français
et se fier à lui, car, chose curieuse, ce
Français croirait manquer aux lois de la
galanterie, s'il ne faisait pas une tentative
de séduction sur la femme avec laquelle il
se trouve en tête à tête.*

L'Allemand ou l'Anglais aime l'amour. Il
se plaît à parler à la femme de la fidélité, de
la poésie, de l'infini de l'amour.

Le Français, au contraire, aime la femme
et n'aime qu'elle : il se moque de l'amour
idéal et raille tous ceux qui y croient. Il aime
mieux passer pour un séducteur, pour un
vaurien, que pour un homme peu galant et
peu amoureux. Après, à la grâce de Dieu,
et tant pis pour la femme !

Aussi le Français, chez toutes les nations,
est-il craint et évité comme un grand su-
borneur de femmes et de jeunes filles, ce
dont il est très-fier.

C'est une des raisons, peut-être même
l'unique raison qui fait *que les Français hé-
roïques et chevaleresques ont conquis tant
de pays, sans en pouvoir conserver un seul.*

Tôt ou tard la haine des maris et des jeunes gens produit contre eux des explosions populaires.

C'est aussi une des raisons, sinon la raison capitale, qui fait qu'en France presque tous les mariages d'amour tournent au tragique, ou pour le moins tournent court à la séparation des corps, tandis qu'en Allemagne et en Angleterre, les mariages d'amour sont les meilleurs, *les seuls bons.*

En France, un jeune homme voit une jeune fille ; elle lui plaît; il lui parle à la dérobée et lui dit qu'il l'aime. Les jeunes gens croient, en effet, s'aimer avec passion et ne pouvoir vivre l'un sans l'autre. Ils se voient pourtant rarement seuls, et ils n'ont pas le temps d'étudier leur caractère, leurs goûts, leurs défauts, car personne n'est sans défaut. Parfois les parents s'opposent à cette union : alors les jeunes gens, foulant aux pieds toute raison, tout respect, déclarent vouloir mourir plutôt que d'attendre. Or, s'ils avaient un brin de raison, s'ils pouvaient vaincre la matière au profit de l'âme, non seulement ils respecteraient la volonté des parents, mais ils chercheraient à les persuader par un amour pur, constant, par une patience à toute épreuve, *car rien ne résiste à un amour véritable, pas même un père.*

Le temps, remède de tout, est aussi la pierre de touche de tout.

Un amour qui n'a pas subi l'épreuve du temps n'est pas de bon aloi. C'est souvent une vilaine passion, un sentiment de satisfaction sensuelle, indigne d'un homme et qui rabaisse la femme au-dessous de la brute.

Dans les pays protestants, les mœurs n'admettent pas d'amour qui n'ait subi cette épreuve. On laisse les jeunes gens se voir, se parler, s'observer, et si, après un an, deux ans, ils déclarent persister dans la volonté de vivre ensemble, on croit à leur amour. Souvent les fiancés attendent pendant dix ans ; ils se voient seuls, se promènent seuls et personne n'y trouve à redire ; car ayant confiance l'un dans l'autre, ils inspirent au public la même confiance à leur égard.

En France, au contraire, le mariage d'amour est un mariage de précipitation, un orage de cœur, un ouragan de passion, une véritable éclipse de raison. Or, si l'amour peut exister sans raison, il n'en est pas de même du mariage. Non-seulement il y faut de la raison, beaucoup de raison, mais en-

core une assez forte dose de sagesse. Pour
vivre ensemble en mariage, il faut savoir
être indulgent pour les défauts de la personne avec laquelle on vit ; il faut savoir sacrifier son temps et ses plaisirs du dehors ;
il faut surtout autre chose que de la fougue,
de la verve, de la passion. Car la passion
s'en va plus vite qu'elle n'est venue, et la
raison n'y étant pas, il ne reste que l'ennui,
la fatigue, la désunion. Heureux si le crime
ne vient pas y jeter son venin de mort.

En Allemagne, au contraire, les mariages
d'amour, soumis à l'épreuve du temps, sont
presque tous des mariages de raison. Ceux
qui ne le sont pas finissent aussi mal qu'en
France.

Car rien, dans ce monde, n'existe et ne
dure que par la raison, qui est la lumière
de l'âme. La raison, c'est l'infini, et l'infini
seul dure.

L'amour, quand il se soumet à cet idéal,
est divin. Il durera alors, mais alors seulement, jusqu'au-delà de la tombe.

XVIII

Je t'ai dit, ma fille, qu'après t'avoir initiée
à la connaissance de toi-même, je te per-
mettrai la lecture des drames et des romans
qui ont illustré l'humanité, et que je ne craindrais plus pour toi les faux enseignements
des livres immoraux ; car, au lieu d'être la
victime de ces livres, tu seras toi-même leur
juge et les déchireras avec les dents de ta
raison.

Permets-moi cependant de te donner un
criterium, une *mesure* morale qui te mettra
à même de juger, c'est-à-dire de mesurer
moralement toutes les productions de l'esprit,
soit pour condamner, soit pour absoudre,
soit enfin pour décerner le prix de vertu, car
quant à juger le talent toi-même, il faut un
autre criterium que tu te créeras plus tard.

Sache que la philosophie de tous les peuples se réduit à deux systèmes.

Les uns prétendent que les idées sont innées
et viennent directement du Créateur ou de la
chose qui existe de soi.

Les autres n'admettent aucune idée en
dehors de la perception des sens ; en d'autres
termes, ils matérialisent la pensée même

qu'ils considèrent comme une sécrétion du cerveau.

On appelle les premiers des spiritualistes, les seconds des matérialistes.

Ce n'est pas ici le lieu de discuter ces questions à fond. Tu te rangeras plus tard dans un de ces deux partis, et d'avance, je sais que tu dois être idéaliste. Si l'idéalisme se perdait, la femme qui a créé la vertu, l'inventerait de nouveau.

Or, la littérature de tous les pays se subdivise également en deux camps, comme la philosophie.

Les grands littérateurs de toutes les nations sont idéalistes; ils créent des êtres qui jaillissent de leurs grandes âmes, comme Minerve du front de Jupiter, des êtres qui se distinguent des hommes ordinaires par un idéal quelconque.

Idéal vient de l'*idée*, qui veut dire : *image, vision*.

En effet, l'homme à idéal voit plus haut et plus loin que l'homme ordinaire.

Les idéalistes sont les presbytes de l'âme voyant de très-loin, et négligeant les affaires de près, la misère journalière.

L'idéal, c'est la foi dans l'infini, dans la justice et l'immortalité.

L'homme à idéal sacrifie toujours l'intérêt à la raison, le plaisir matériel à un principe intellectuel, le moment à l'éternité, toute une vie enfin à un rayon de gloire immortelle.

L'idéal, c'est Dieu fait homme.

Les écrivains idéalistes n'ont rien d'exclusivement national ; car l'idéal est le même chez toutes les nations, il ne varie que dans la forme.

On les appelle également poètes, parce que la plupart des idéalistes ont écrit en vers, le vers étant l'idéal de la langue.

Non-seulement je te permets de lire les grands poètes de toutes les nations, mais je t'imposerai l'obligation de les lire. Homère, Sophocle, Eschyle, Shakspeare, Caldéron, Dante, Le Tasse, Corneille, Racine, Molière, Lessing et Schiller seront tes meilleurs amis.

Là même où ces grands hommes se trompent, ils sèment tant de nobles idées dans les détails, ils ont tant de consolations pour les douleurs de l'âme, tant de baume pour les blessures du cœur qu'on ne peut pas assez les lire. Il n'est pas de chagrin, si fort qu'il soit, qui ne se calme par la lecture d'un grand auteur.

Tu reliras la Bible en entier, sans aucune omission, surtout Moïse, David, Isaïe,

Salomon et l'Evangile. Puis, tu liras Plutarque en entier. Inutile de lire aucun livre latin, c'est la langue des cuistres. Les Romains, grands soldats, n'ont rien créé en littérature. Virgile a pastiché Homère et Théocrite, et tu ne trouveras pas une maxime dans Horace ou dans Sénèque que tu n'aies déjà trouvée dans *les Proverbes* et dans Plutarque.

A côté des idéalistes, il existe des écrivains qui, dans chaque nation, ont cherché à reproduire des caractères et des types qu'ils ont observés dans la société. On les appelle réalistes. La plupart d'entre eux sont des romanciers. Pourtant, leurs romans sont parfois de pures fictions, ou bien ils reproduisent les scènes les plus dramatiques de l'histoire et en illustrent les principaux personnages. Il en est qui ont dépensé un grand talent dans cet art. Le génie cependant est presque toujours idéaliste.

Ce genre est exclusivement national, c'est-à-dire il porte le caractère distinctif des mœurs de la nation à laquelle appartient l'auteur. Les romans allemands et anglais ne s'occupent en général que d'histoires d'amour qui se passent entre un jeune homme et une jeune fille, car la jeune fille protestante étant libre et pratiquant l'amour idéal, c'est elle qui tient le dé de l'amour.

En France, au contraire, où la jeune fille, à moins d'être séduite, n'intéresse personne, l'amour adultère est le sujet ordinaire du roman, de la comédie et du drame.

De là vient que la littérature romantique est bien plus dramatique en France qu'en Allemagne et qu'en Angleterre, car l'innocence peut intéresser par ses malheurs, mais non par ses actions, attendu qu'elle n'agit pas. Elle n'a qu'une force d'inertie. Bien qu'en France même, les vrais chefs-d'œuvre du roman soient encore des amours de jeunes filles : *Paul et Virginie*, *Eugénie Grandet*, *la Mare au diable*.

En lisant des romans, tu te rendras donc avant tout compte de la vertu de la femme et de la logique de sa nature.

Toute jeune fille, toute femme mariée qui viole ses devoirs, l'une cédant à un homme avant d'être mariée, l'autre cédant à un autre homme que son mari, est vouée au malheur. Les actions qui jaillissent logiquement de ces fautes peuvent être très-dramatiques ; elles peuvent t'émouvoir et t'intéresser. Tu dois des larmes au malheur, tu dois même dans la vie consoler ces malheureuses et être indulgente pour elles : mais dès qu'elles, ou les auteurs à leur place, maximent leurs pratiques et défendent à force de paradoxes ces fautes, parfois ces crimes, tu dois les arrêter et intervenir avec ton jugement. Ne te laisse pas éblouir par l'éloquence ; le malheur, et souvent le vice, sont très-éloquents. Ils ont beau parler, crier, maudire, le destin ou plutôt la logique est là qui ne pardonne pas, du moins dans ce monde.

Les exceptions à la règle, car toute règle a des exceptions, sont si rares, que toute personne qui se flatte d'être une exception n'est que la dupe de sa vanité.

Toute œuvre qui glorifie ou justifie le mal, l'auteur fût-il un homme de génie, est une œuvre médiocre et disparaîtra tôt ou tard.

Vient alors la littérature du *demi-monde*, tout cet amas de romans et de pièces de théâtre à l'usage des courtisanes. Tantôt c'est une femme perdue qui compte se sanctifier par une passion d'amour ; tantôt c'est une jeune fille séduite qui trouve un mari et le bonheur ; tantôt encore c'est une femme adultère qui insulte l'honnête femme, la raille et humilie la société avec son bonheur.

Mensonge que tout cela, mensonge, triple mensonge !

Aucune courtisane ne se sacrifie pour l'idéal de l'amour. Ce qu'elle cherche, c'est un malheureux mari pour la réhabiliter, et si elle meurt, c'est de honte. Plaignons-la, mais ne laissons pas profaner le saint mot d'amour.

Aucune jeune fille séduite ne trouvera le bonheur avec un autre homme que son séducteur ; son mari peut lui pardonner, mais le pardon n'est pas le bonheur.

Nulle courtisane ne peut humilier une honnête femme. L'honnête femme n'a qu'à paraître, et la courtisane, sentant son infériorité, pâlira, ou, si elle est impertinente, l'autre n'a qu'à lui imposer le silence du mépris. Entre deux femmes, il suffit d'un geste pour annoncer la vertu et le vice, le paradis et l'enfer.

Depuis bien longtemps, la France fourmille de journalistes, de dramaturges, de savants et de romanciers qui font des livres pour enseigner à l'homme ce qu'il ne sait, hélas ! que trop, et pour l'engager à faire des choses dont il abuse depuis la création du monde.

Ils ont l'air de dire à leurs lecteurs : « Amusez-vous, faites des dîners succulents, buvez d'excellent vin, aimez de belles femmes malhonnêtes, tâchez de parvenir au pouvoir pour commander au lieu d'obéir, employez votre jeunesse, votre force, votre esprit, votre talent à gagner de l'argent, beaucoup d'argent, rien que de l'argent, le succès est tout, et pourvu que vous arriviez sain et sauf au but, la fin justifie tout les moyens. »

Comme si depuis Mathusalem l'homme, de sa nature, n'était pas poussé vers les jouissances matérielles aux dépens des félicités spirituelles; comme si l'idéal du beau, de l'honneur, de la gloire, de l'amour pur, de la justice et du sacrifice de soi-même se trouvait dans un abîme dans lequel les humains sont exposés à rouler et à se casser le cou : comme s'il fallait de l'éloquence, du talent et le pouvoir tout-puissant du génie pour empêcher la majorité des mortels de se culbuter les uns les autres sur cette pente rapide qui conduit au grand, au beau, au bien et au vrai !

Oui, ma fille ! tu liras des livres, — ils s'appellent *legion* — qui conseillent insidieusement à la jeunesse de jouir de la vie matérielle, qui lui indiquent les moyens d'avancer rapidement sur le chemin des plaisirs, voire du vice, qui font assaut d'esprit et de talent pour apprendre aux hommes à per-

fectionner leurs défauts, à dorer leurs
passions les plus viles, à glorifier leurs
envies, leurs convoitises et gaillardises;
mais tu les jugeras, les uns sévèrement,
selon le degré de talent qu'ils gaspillent, les
autres avec un sourire de dédain sur les
lèvres.

Car, soit ignorance, soit manque d'expé-
rience, soit nécessité sociale, soit penchant
naturel, l'homme n'est que trop porté à
sacrifier l'âme au corps, la raison à la sensation, l'esprit à la matière. La plupart des
hommes sans instruction, abrutis par un
travail excessif, jugent les choses humaines
— spirituelles ou matérielles — selon
l'impression douloureuse ou agréable qu'elles
font sur eux. L'animal aussi possède d'instinct ce jugement.

Ce qui distingue précisément l'homme de
tous les êtres existants, c'est qu'il a une
raison pour juger, non sur l'impression
momentanée, mais sur les rapports logiques
des causes et des effets.

Le sentiment n'est que de la chaleur, la
raison est de la chaleur devenue lumière.

Non-seulement la raison se voit, mais elle
voit en même temps le passé, le présent et
l'avenir, et c'est en faisant des comparaisons,

en rattachant les effets aux causes qu'elle juge et qu'elle crée des lois prévenant le mal et conduisant au bien.

La sensation, si elle est douloureuse, peut condamner une chose que la raison recommandera, voyant le bien qui en résultera plus tard !

Le sentiment peut trouver une chose très bonne, que la raison, prévoyant le mal qui en résultera logiquement, condamnera sans merci.

Et c'est pourquoi l'homme, ne jugeant pas d'intinct, mais par la raison, est supérieur à toutes les créatures, c'est pourquoi il est le roi de l'univers !

La raison ne condamne pas les plaisirs de a chair. Elle en reconnaît la nécessité, car elle a étudié et scruté les secrets du corps dont elle tire sa lumière. Seulement elle les subordonne, pour le salut de ce même corps, à des lois idéales, qui toutes sont des lois d'ordre et de conservation.

La raison est, pour la matière, ce que sont les rails et le frein pour la locomotive. Sans ces limites qui tracent le chemin, la locomotive, non-seulement ne ferait que des ravages, mais encore elle se détruirait elle-même en très peu de temps.

C'est ainsi que la raison de la femme a créé la vertu. Car c'est précisément la vertu idéale qui, non-seulement procure à l'amour des jouissances inconnues à la passion désordonnée, mais qui préserve le corps d'une chute irréparable et certaine.

La santé de l'âme sera toujours le meilleur préservatif contre les maladies du corps.

Tous ces livres, tous ces romans, tous ces drames sont faux, contraires à la vérité éternelle. Ils sont le fruit d'une littérature en dérive, d'une société en décadence.

Cette malheureuse littérature, renard à la queue coupée, voudrait nous faire accroire que tel est l'état de la nature ; en d'autres termes, les hommes et les femmes corrompus, furieux de leur dégradation, de l'enfer qu'ils portent dans leur cœur, et envieux du bonheur idéal des âmes supérieures, voudraient les attirer dans leurs abîmes, pour pouvoir les traiter sur le pied de l'égalité.

Vains efforts !

Dieu veut que l'humanité existe, et comme elle ne saurait exister sans la vertu de la femme, sans l'honneur de l'homme, la vertu et l'honneur auront toujours le dernier mot.

Dieu veut que la France continue d'exister ; tous ces livres de mignardise, de bâtardise, de couardise, de demi-monde et d'adultère disparaîtront comme la paille hachée devant un ouragan !

XIX

Ne va pas croire, ma fille, que je te défende d'aimer, ou que je te prêche ce qu'on appelle vulgairemeut et faussement un mariage de raison, probablement parce qu'il est la négation de toute raison.

Le but de ces lettres est, au contraire, de t'engager à ne jamais te marier qu'avec un homme que tu aimes et qui soit digne de ton amour, non pas par des flatteries sur ta beauté et ton esprit, encore moins parce qu'il ressentira ou feindra de l'amour pour toi, mais parce qu'il sera digne d'être aimé par sa femme pour ses qualités morales. pour l'honnêteté de sa famille, et, en dernier lieu, mais en dernier lieu, pour son physique.

Car, comme le bonheur de la femme est uniquement dans sa vertu ; c'est-à-dire dans sa fidélité, il faut que cette vertu lui soit facilitée par l'amour et le respect qu'elle ressent pour son époux. *De là résulte que le bonheur d'une femme n'est pas autant dans l'amour que son mari éprouve pour elle, que dans l'amour que son mari lui inspire.* Car être aimée n'allège pas le fardeau de la vertu : l'*aimer* seul, se dévoue avec bonheur, avec enthousiasme.

De là encore, mon amie, vient que la plus haute raison d'une femme s'identifie avec son plus profond amour : que toute femme qui épouse un homme qu'elle ne pourra pas aimer, que cet obstacle soit physique ou moral, signe un acte de démence qu'elle voudrait bientôt effacer avec ses larmes, et qui, très souvent, lui ôte tout à fait la raison.

Chère enfant, la vérité se ressemble en tout, car elle est une et indivisible. Quel que soit le mot dont les langues se servent pour donner une notion de ce don divin de l'amour, toujours est-il que dans n'importe quelle branche de science ou de vie, l'amour sera identique avec la raison. Bien plus, la raison est la seule pierre de touche de l'amour. Quand l'amour ne s'accorde pas avec la raison, ce n'est qu'une passion matérielle qui ne peut durer, et qui, tôt ou tard, devient l'équivalent de la déraison.

Je vais te le prouver.

Il y a deux motifs d'amour.

Ou tu aimeras un homme pour sa beauté physique;

Ou parce qu'il a une belle âme. Ou bien parce qu'il réunit les deux beautés à la fois.

Or, non-seulement la beauté physique est passagère, mais souvent c'est une véritable fièvre de volupté qui fait voir la beauté où elle n'est pas. C'est ce qui a créé le proverbe : « l'amour est aveugle. » Oui, le mauvais amour, l'amour brutal, qui n'existe que par l'attraction matérielle ; cet amour-là est aveugle : du moins il ne voit que d'un œil.

C'est l'amour sans raison. On aime, dit-on, *un je ne sais quoi*, et sans savoir pourquoi. On ment ; seulement on n'ose pas l'avouer. On n'ose pas dire qu'on est un bloc de matière, quelque chose comme la bête qu'on mène paître et qui bêle après l'amour, *sans savoir pourquoi.*

Cet amour sans raison et *qui ne sait pas le pourquoi*, dès qu'il est satisfait, disparaît ou bien tourne en haine, en maladie ou en indifférence. L'homme bientôt s'en moque, tandis que la femme est malheureuse pour la vie. Car si sotte qu'elle soit, elle a, hélas ! toujours assez d'esprit pour se sentir malheureuse.

Mais quand on aime un homme pour ses qualités morales qu'on peut vanter à haute voix; quand cette homme a prouvé qu'il a un cœur et quelque chose de noble dedans, alors l'amour qu'on ressent pour lui a une raison, ou plutôt de la raison.

On sait alors pourquoi l'on aime !

On peut dire : j'aime cet homme, parce qu'il a de l'honneur, parce qu'il a de l'intelligence, parce qu'il fait un noble emploi de son temps, parce qu'il a un idéal dans l'âme !

Grâce à ses dons divins, il sait et il saura estimer les qualités d'autrui, il aime et il aimera la vertu, il sera bon père parce qu'il a été bon fils, il ne sera peut-être pas galant ni même fidèle, mais il sera juste envers sa femme, il saura faire honorer et respecter celle qui doit porter son nom et donner son sang à ses enfants. Oui, cet amour est la raison incarnée, cet homme fût-il pauvre comme Job et toi riche comme une Rothschild.

Honte au père et à la mère qui appelleraient cet amour de la déraison. Ils feraient le malheur de leur enfant et le leur propre. Car ces mariages de raison, qui *seuls sont des mariages d'amour*, ne se présentent pas souvent; il faut en profiter lorsque le destin gracieux daigne les indiquer. C'est ce mariage que je désire que tu fasses, mariage d'amour, s'il en fut !

Que si cet homme réunisse les qualités physiques et morales à la fois, et qu'il consente à t'épouser, c'est le paradis sur terre. Je n'ose pas tant espérer pour toi.

Pourtant, comme tu ignores complètement la physiognomonie, c'est-à-dire l'art de deviner l'âme sous les traits du corps, il faut que je t'initie dans cette science très-peu connue, parce que tout le monde cherche à se faire un faux physique, une fausse parole pour cacher vices et défauts.

XX

Tout homme parle trois langues. Il se sert tantôt de l'une, tantôt de l'autre, tantôt de toutes les trois, pour exprimer ou pour dissimuler sa pensée.

C'est d'abord la langue parlée, la plus trompeuse de toutes ;

Puis vient en second lieu le regard, qui constitue un langage à part ;

Puis enfin le geste.

Il n'existe point de grammaire ou de

dictionnaire pour la langue des regards et des gestes ; elle est comprise sans être apprise. Mais quand un homme ment ou fait une mauvaise action, ces trois langues ne s'accordent plus, et il faut une longue étude aux fripons et aux imposteurs pour harmoniser leurs regards et leurs gestes avec leurs mensonges et leurs flatteries.

Tu dois donc de bonne heure observer les hommes et même les femmes, pour distinguer les âmes pures des âmes tachées et les cœurs fourbes et vicieux des cœurs droits et loyaux. C'est une étude d'observation, mais qui a besoin d'être suivie. C'est la psychologie du ménage.

De bonne heure donc tu observeras les hommes qui t'adresseront des phrases banales de politesse et de galanterie, et rien que ton regard scrutateur les fera changer de ton, de geste et de position.

Tu observeras et tu étudieras surtout l'homme destiné à devenir ton mari, c'est-à-dire un homme qui d'abord a étudié tes qualités pour en user, et qui, ensuite, peut-être, n'étudie que tes défauts pour en abuser.

Un mari, avant d'être reconnu parfait honnête homme, est l'ennemi naturel de la femme, ennemi que Dieu lui a suscité pour ses peines et ses douleurs.

Il faut donc avant tout que celui que tu aimeras soit un honnête homme, et que la société n'ait à lui reprocher ni une mauvaise action, ni une lâcheté, ni une bassesse, ni surtout ce qu'on appelle une indélicatesse.

On peut être honnête homme de deux manières : d'une manière passive et d'une manière active.

La société n'ayant pas un acte malhonnête à reprocher à un homme, le déclare honnête. J'aime mieux l'affirmative.

Un jeune homme sans reproche qui a fait preuve d'amour filial, qui emploie son talent et son travail à un but honnête, soit en nourrissant et honorant père et mère, soit en établissant une sœur, soit en se distinguant dans le bien pour s'élever par l'idéal au-dessus des hommes et se rapprocher de Dieu, voilà un véritable honnête homme.

N'oublie pas qu'il faut qu'il soit fils *légitime* de parents honnêtes, car la bénédiction de l'honnêteté est un héritage de famille, de même que la santé.

Laisse sourire ces esprits forts qui nient la transmission des bénédictions sur les enfants. Nient-ils que ces enfants héritent et de la santé et des maladies des parents? Nient-ils que la folie, l'épilepsie et la phthisie se transmettent parfois du grand-père au petit-fils et de l'oncle au neveu?

Tu n'épouseras donc, ni un bâtard, ni un fils adultérin, fussent-ils riches et pleins de talent, à moins qu'ils n'aient donné des preuves éclatantes et patentes de leur honnêteté morale.

Pour qu'un homme reste honnête, dans le sens le plus strict, il faut qu'il emploie son temps au travail soit du corps, soit de l'esprit. Le travail est une condition absolue du bonheur relatif de l'homme, car il n'est point de bonheur positif sur terre. Tout homme qui ne travaille pas est fatalement destiné à l'ennui, au vice et souvent au crime. *Il n'y a point d'exception à cette règle*, et c'est pourquoi les sociétés pauvres ou jouissant d'une fortune médiocre sont plus vertueuses ou moins vicieuses que les sociétés riches qui vivent de leurs rentes, sans avoir assez d'esprit et d'intelligence pour travailler de ce même esprit et de cette même intelligence.

Rien de plus horrible que la richesse sotte et partant fainéante. En peu de temps elle devient vicieuse, méchante, et pourrit sur tige comme un épi gangrené.

Loin donc d'être à la recherche d'un homme riche, ne faisant rien et vivant de ses rentes, comme le font la plupart de nos filles, ne rêvant que princes et que millionnaires, tu n'épouseras jamais, avec mon consentement, un homme *né riche*, qui n'a pas l'habitude du travail, qui ne travaille ni du corps ni de l'esprit. J'aimerais mieux un ouvrier honnête et instruit pour mari de ma fille, que la plupart de nos gentilshommes et fils de famille fainéants.

Ce que je te dis là, mon enfant, est fondé sur la logique divine de la nature de l'homme.

Il est impossible que l'homme qui n'emploie pas son temps au travail du bien ne devienne pas la proie du travail du mal. Bon nombre de ces malheureux sont vieux à l'âge de vingt-cinq ans, précisément parce que n'occupant ni leur corps ni leur esprit au travail du bien, ils ont été les victimes du vice et de la débauche. Ils n'ont pas sù se faire remarquer par les travaux de l'esprit ou du corps, c'est-à-dire par ce qu'ils *sont*, force leur fut de se distinguer par ce qu'ils *ont*. Avoir une voiture, des laquais

galonnés, une belle maîtresse, c'est une dis-
tinction pour eux, parce que d'autres sots,
leurs égaux, les leur envient. Cette maîtresse ne leur a procuré aucune satisfaction
intellectuelle et corporelle, car de bonne
heure ils sont rassasiés de plaisir, et quant
à l'esprit ils le trouvent trop vert. Deve-
nus la proie du mal, il est rare qu'on puisse
les en arracher. Une femme légitime pour
eux n'est autre chose qu'une maîtresse plus
ou moins riche, plus ou moins haut placée,
avec laquelle on peut danser au faubourg
Saint-Germain, au lieu d'aller à Mabille.
Ils n'ont même plus l'intellect nécessaire
pour discerner l'honnête femme de la courtisane. Aussi longtemps que les charmes
physiques de leur femme les flattent et les
enchaînent, ils daignent s'amuser et rester
dans un état d'équilibre ; mais bientôt leur
femme n'est plus pour eux qu'un sujet con-
tentieux qu'ils respectent selon le code et
qu'ils avilissent à tout instant par leurs
faits et gestes et par leurs paroles polies
quelquefois, mais toujours froides.

Ces prétendus hommes bien élevés ne sont
que des manants.

Je ne t'ai parlé jusqu'à présent que du
danger de n'être pas aimée : mais avec un

mari riche et fainéant il y a un plus grand
danger pour la femme. En effet, la femme
d'élite n'aime pas son mari quand elle ne
saurait l'estimer. Or, ce que la femme légitime estime dans l'homme, ce n'est ni sa
beauté, ni sa fortune. Ce sont des qualités
que les courtisanes exploitent, mais qu'elles-
mêmes n'estiment guère. La force morale
seule, l'activité de l'âme, qu'elle s'appelle
travail, ambition, honneurs, ou soif de
gloire, voilà ce qui inspire à la femme du
respect, de l'estime et un attachement ma-
gnétique.

L'aimant qui attire le cœur d'une femme
c'est l'idéal. Elle aimera plus longtemps un
pauvre ouvrier travaillant pour nourrir
femme et enfants, ou bien pour soutenir un
vieux père, qu'un riche élégant promenant
en voiture sa moustache sur le boulevard,
avec deux forts laquais derrière et deux
belles bêtes devant.

Or, une femme qui n'aime pas une supériorité morale dans son mari, est très-ex-
posée à faire des comparaisons et à trouver
un idéal, que son âme admire d'abord et
qu'elle finit bientôt par aimer. C'est une si-
tuation d'autant plus dangereuse que l'avocat de la chute est précisément très-élo-

quent, attendu qu'il représente la partie idéale et. morale, et que la faute trouve un prétexte en livrant ce maudit corps en holocauste à l'âme avide de nourriture céleste. C'est un délire, un enthousiasme, une extase qui a fait faire bien des romans, dévorés par nos femmes riches et malheureuses; romans qui ont fait bien des victimes ; car, hélas ! tout cela n'est qu'un mirage trompeur.

Sur cent femmes affligées d'un mari sans idéal qui le sacrifient à un homme supérieur d'esprit, quatre-vingt-dix-neuf ne trouveront dans leur faute ni bonheur ni satisfaction. Bien au contraire. Cette âme qu'elles croyaient si parfaite bientôt sera subordonnée à la matière, et la première ivresse du fruit défendu passée, l'homme soi-disant supérieur, non-seulement ne remplace pas l'époux, mais déserte même son poste d'amant; poste de devoir, car en acceptant la faute il avait accepté la solidarité des conséquences. Je te l'ai déjà dit, la supériorité même de l'amant est la perte de la pauvre amante adultère; car l'idéal de cet homme exige une femme pure, une vierge, une mère pour ses enfants, une épouse pour son mari, une femme qui devient sa chair, parce qu'elle n'a jamais connu d'autre homme, parce qu'elle ne peut même pas établir une comparaison.

J'ai connu, ma fille, bien des femmes qui ont succombé à ce faux avocat de l'idéal. Pas une n'a été heureuse. Plusieurs ont expié leur faute dans la misère et dans l'abandon. Une seule a trouvé un amant et plus tard un époux fidèle ; mais elle a cruellement souffert, et pour expier leur faute, ces deux nobles époux se sont imposé les pénitences les plus dures.

C'est l'exception à la règle. Malheur à toi, si tu te flattes de trouver l'exception !

XXI

A part quelques douzaines de mariages par an qui se font sans dot et qui ne sont pas les plus malheureux, la plupart des unions conjugales sont basées sur la dot, en d'autres termes sur l'argent avec lequel une femme achète un mari.

Ce mot t'indignera au premier abord. Comment, te diras-tu, il faut que moi, une fleur jeune, belle et pure, il faut que je paie un être barbu et peut-être malotru, pour me cueillir et me faner ?

D'autres avant toi l'ont dit, et d'autres après toi le diront encore.

Cela te prouve tout d'abord qu'il n'y a jamais égalité entre l'homme et la femme.

Mais, en considérant le mariage de près, il faut convenir qu'il est beaucoup plus utile et nécessaire à là femme qu'à l'homme, bien que la nature ait créé l'homme pour le mariage, en l'y forçant par les dangers dont elle a environné l'amour illégitime.

Oui, pauvre fleur, tu seras cueillie et fanée, mais la vertu que ton mari te donnera par le titre de femme, cette fleur de l'âme, ce parfum du ciel, ne se fanera jamais. Ta beau'é aurait disparu sans le mari, mais la beau,é de l'âme qu'il te prête ne disparaîtra jamais, et la virginité de ton corps, morte par le mariage, ressuscitera embellie et transfigurée dans la virginité éternelle de l'âme qui s'appelle : vertu !

Ne fût-ce que pour cet avantage, un mari qui, par ses qualités, te ferait ange, de femme que tu étais, serait impayable.

Car tu as beau rester vierge et t'enfermer dans un couvent, la vertu réelle de la femme

est dans l'amour pour son mari, dans le dévouement pour son enfant.

Car, de cette vertu jaillit l'humanité qui
témoigne de la grandeur de Dieu !

Le mariage et l'enfant, du reste, garanti-
ront ta santé et ta jeunesse. Les vieilles
filles sèchent bien plus vite que les femmes
mariées. Les trois quarts des religieuses
meurent avant l'âge de quarante-cinq ans.

En outre, ce mari te doit toujours, sinon
de l'amour, du moins affection et protection.
Vertueuse, tu as le droit de le suivre partout, si tu le juges digne de vivre avec toi. Les
enfants que tu mettras au monde auront un
père, et tu les aimeras doublement pour cela.
Je ne te parle pas d'un bon mari, qui t'aimera vieille autant que jeune, qui travail-
lera pour toi, qui t'allégera les douleurs de
la vie, qui souffrira pour toi ; qui, peut-être
grand par l'esprit, versera sur toi quelques
rayons de sa gloire et illustrera tes enfants,
qui enfin fera de toi la moitié d'un homme,
en même temps que lui deviendra la moitié
d'une femme.

Ne va pas croire que je défende la dot,
que je prétende qu'il faille que cela soit ainsi.
Plus que toi, j'ai la dot en horreur, et quand
j'ai épousé ta mère, je n'ai cherché que l'é-

galité du travail, ce qui est la meilleure dot. J'ai voulu seulement essayer quelques arguments de défense. Le fait est que, dans le mariage, la croix et le fardeau ne sont pas partagés, et que la femme, même avec sa dot, n'est point encore l'égale de l'homme, malgré les lois que la civilisation a inventées en sa faveur. Elle le sera tôt ou tard.

Il s'agit donc pour nous deux de trouver, soit moyennant cette dot, soit par ton travail, ton esprit et ta beauté aidant, un homme, je ne dis pas qui t'aimera toujours, (ce serait un merle blanc), mais que tu puisses aimer, estimer et respecter toujours : car c'est là le bonheur de la femme vertueuse. Mets-toi en campagne, c'est-à-dire cherche, observe, sans qu'on s'en doute, et communique-moi tes idées et tes sentiments. Moi, de mon côté, sans en avoir l'air, je partirai à la recherche d'un mari. A nous deux, nous trouverons bien ce rare gibier, ce bienheureux mortel qu'on appelle un bon mari !

XXII

Nos aïeux, qui se mariaient mieux que nous, n'attendaient pas que les prétendants de trente-cinq ans vinssent demander leurs filles. Dès l'âge le plus tendre de leurs enfants ils songeaient au mari, et souvent le prédestinaient dans un garçon de treize ans. La plupart de ces mariages tournaient à bien.

Voici pourquoi.

Non-seulement ils choisissaient des fils de parents connus par leur honnêteté et la noblesse de leurs sentiments, non-seulement ils étaient sûrs de la bonne éducation que ces fils recevaient dans la maison paternelle soit par l'exemple, la meilleure des éducations, soit par la parole; mais encore d'ordinaire ces pères originaux, fiançant leurs filles à quatorze ans, ne choisissaient que des garçons se distinguant par une intelligence précoce, par une vivacité d'esprit et de corps qui de bonne heure annonçaient l'étoffe d'un homme. Le proverbe l'a dit : Une épine s'effile de bonne heure. Bon sang ne peut mentir. Bon chien chasse de race.

L'homme se devine dans l'enfant ; mais il faut pour cela posséder la science de l'homme.

D'autres fois ces pères allaient trouver un jeune homme qui s'était distingué par un acte héroïque ou par une action de grande piétié filiale, ou bien encore par des preuves de science et de talent, et ils se chargeaient eux-mêmes de l'avenir de ce rare sujet pour le réserver à leur fille.

C'est ainsi que se firent les mariages des juives riches, du temps qu'elles étaient dédaignées par des banquiers et des gentilshommes chrétiens.

Le père de la fille recherchait un jeune homme pauvre qui s'était signalé, soit dans la science sacrée, soit par un travail ingénieux, et le demandait à ses parents, qui, naturellement, fiers de cette alliance, le fiançaient de bonne heure. Dès lors le jeune homme était regardé comme le fils de la maison et le frère de sa fiancée.

Les pauvres imitaient ce système, et au lieu de la dot, ils donnaient aux nouveaux mariés la table et le logement pour quelques années, afin de leur laisser le temps d'économiser pour s'établir, semblables à une vieille ruche qui prépare la nourriture au jeune essaim.

Ces mœurs ont disparu et avec elles le bon mariage, car, grâce à ce moyen, on se mariait jeune. Rien que les souvenirs des jeunes amours suffisent pour former le ciment conjugal de toute une vie.

Je désire donc, ma fille, te chercher et t'élever un mari, non toutefois sans te consulter.

Voici comment je m'y prendrai.

Dès que je trouverai un jeune homme, né de parents honnêtes, fussent-ils pauvres, qui se sera distingué, soit par de nobles études, soit par une action méritoire témoignant un grand idéal pour le mobile de sa pensée et de ses actes, j'irai le trouver, et s'il te plaît, je lui proposerai de me charger de son avenir et de l'adopter pour mon fils. Il sera ton fiancé et plus tard ton mari.

Ou je me trompe fort sur ma connaissance de l'âme humaine, ou bien cet homme te rendra heureuse.

Si toi tu distingues un jeune homme paraissant remplir tes vœux, pour peu qu'il soit accessible à mes raisons, je serai heureux de te le destiner. Je pardonnerais même une grande fortune, si un jeune homme riche te distinguait, mais à cette seule condition que son esprit le portât au

travail, c'est-à-dire qu'il eût un esprit noble
et actif. J'aimerais mieux un mauvais sujet
qui travaille, qu'un mari bonasse et fainéant,
car tu aimerais peut-être le premier et tu
lui resterais fidèle, tandis que je craindrais
beaucoup pour le second, et, hélas! il ne
serait pas seul malheureux!

Mais tu penses peut-être que ce fiancé
pourrait se dédire et refuser le mariage,
après avoir profité des bienfaits de ton père.
Je ne parle pas du danger de te voir trop
souvent avec lui. Après avoir lu ces lettres,
tu dois pouvoir te garder toi-même, et si tu
ne veillais pas sur ta vertu, cet homme lui-
même te mépriserait et à juste titre. Sans
être avec lui dans la maison et à la même
table, tu dois, au contraire, le voir et lui
parler assez souvent, tu dois étudier ses
qualités et ses défauts, afin de faire valoir
les premières et de voiler les secondes.
Quant au danger de l'ingratitude, j'aimerais
mieux que ce malheureux se démasquât
avant qu'après le mariage, son ingratitude
même ne m'empêcherait pas de recommen-
cer l'épreuve. Mais il n'y a rien à craindre
sous ce rapport; car un homme peut bien
dissimuler ses pensées pendant quelques
temps, mais il faudrait être le diable lui-

même pour tromper une jeune fille, son père
et sa mère, quand ces personnes vous regardent, vous étudient et vous observent pendant une année ou deux.

XXIII

Ma fille, pour que tu ne puisses pas être
surprise à cet égard, je vais te donner quelques principes de psychologie qui rarement
sont trompeurs.

En général les hommes se divisent en
deux classes.

Les uns sont grands dans les petites choses, et petits dans les grandes choses.

Les autres sont petits dans les petites
choses, et grands dans les grandes choses.

Car il n'y a pas d'homme parfait.

Il est des hommes, doux, aimables dans
les petites choses de la vie ordinaire. Arrive
un grand événement, et ces anges de douceur deviennent pitoyables, et prouvent par
leur faiblesse qu'ils n'ont ni cœur, ni esprit,
ni idéal.

Les autres, parfois malicieux, mordants, désagréables même, mais jamais ennuyeux dans les choses du petit ménage, ne se montrent grands que dans les grandes choses. Cet homme vient de gronder sa femme pour une vétille, mais il risquerait sa vie un instant après pour la sauver. Il a dit des vérités, on appelle cela des sottises, à un ami, mais le lendemain il lui donnerait la moitié de sa fortune pour sauver son honneur.

Te le dirais-je, à la honte de ton sexe, les femmes aiment mieux les premiers, parce que, dans la vie ordinaire, ils sont plus calmes, plus polis, plus flatteurs. Si tu es une femme ordinaire, tu seras de l'avis de tes sœurs. Mais si tu es une femme d'élite, tu ne donneras ton âme qu'à l'homme digne de t'en donner une moitié en échange.

Ces deux caractères de l'homme se développent de très bonne heure.

Le jeune garçon doux, à l'esprit lent, à la belle taille, flatteur, beau parleur, sera probablement un homme grand dans les petites choses. Pas toujours même. Car de même que tous les sucs des plantes vénéneuses sont couleur de lait, ainsi les scélérats, tous les traîtres, tous les cafards, tous les vicieux ont la parole doucereuse et la voix basse, au point que tu dois te défier de tout homme qui a la voix douce et qui parle bas, bien que si tous les venins sont couleur de lait, il n'en résulte pas que le lait soit du venin (1).

Au contraire, le jeune homme brusque, vif, au parler difficile, mais lançant de temps à autre une observation hardie ou profonde, sera plus ou moins grand dans les grandes choses, surtout s'il montre de l'indignation pour les injustices historiques ou actuelles, surtout s'il a déjà prouvé qu'il tient à sa parole et à l'honneur. Il peut mal tourner sans doute, et devenir chef de brigands, s'il ne devient pas un grand poète, un grand génie, ou un grand industriel ! Qu'importe ! Tu l'aimeras plutôt chef de brigands que tartufe et canaille, portât-il un habit brodé, car un tartufe peut cacher ses infamies à la société, mais nullement à sa femme qui sait juger, qui, hélas ! non-seulement condamne et exécute, mais qui, pour comble de malheur est tellement liée au sort de son mari qu'en l'exécutant elle s'exécute elle-même.

(1) Un proverbe allemand dit : « Voix douce, pied dur. »

XXIV

« L'homme est comme un arbre
des champs. »
(*Moïse.*)

Plusieurs penseurs ont cherché à deviner
le caractère intellectuel de l'homme à certains signes extérieurs. Tu n'es pas sans
avoir entendu parler de Gall et de Lavater,
de la phrénologie et de la physiognomonie. La
science jusqu'à présent n'a point consacré
ces systèmes. Je vais à mon tour te communiquer quelques idées originales connues
sous le nom de : *Clefs spirituelles* et que
j'ai trouvées dans un vieux philosophe allemand, grand observateur de la nature et qui
s'eppelait *Jacob Boehme*. Je ne t'en aurais
pas parlé, si le plus grand médecin du siècle
passé, le docteur *Huffland* n'avait pas pa-
tronné ces idées qu'il a considérablement
élargies dans ses écrits sur la santé et la
constitution de l'homme. Cela rentre dans
la physiologie universelle et à ce titre ces
observations peuvent être d'une certaine uti-
lité dans le choix d'un mari ou d'une femme.

Les hommes, selon Boehme, forment ensemble un corps collectif (humanité), comme les arbres ensemble ne formeraient qu'une forêt.

Les arbres ne se ressemblent pas et pourtant ils sont égaux l'un devant l'autre, en ce sens que chacun remplit des fonctions à lui particulières. Le chêne est plus dur que le hêtre et le sapin, l'olivier et le palmier ne servent pas au même usage que le pommier et l'osier. Tel arbre excellent pour la construction ne vaut rien pour la combustion. Tel autre trop tendre pour être employé dans la bâtisse est fait pour être transformé en charbon, ou pour servir de liens et de bouchons.

Il en est de même, toute proportion gardée, de l'homme.

Au premier aspect le connaisseur distingue l'arbre fruitier de l'arbre forestier, le chêne du hêtre etc. De même, d'après Boehme, les hommes par leur extérieur, leur taille et leur couleur annoncent les qualités intérieures et les fonctions spéciales pour lesquelles ils ont été créés.

Les anciens déjà ont recueilli un grand nombre d'apophthegmes comparatifs au sujet des arbres et des hommes, des femmes et fleurs. Citons-en quelques-uns.

« Le vent qui s'engouffre dans les feuilles de l'arbre stérile y fait plus de bruit que dans celles d'un arbre fruitier. »

« L'arbre fruitier est moins beau, moins haut, moins feuillu que l'arbre forestier. Mais plus il est laid et rabougri, plus son fruit gagne en saveur et en parfum. »

« L'arbre qui par sa tendreté est destiné à devenir charbon ressuscite pour ainsi dire à une seconde vie plus brillante que la pre-
« mière. »

Ne va pas toutefois admettre un instant que la matière ait du pouvoir sur l'esprit. Ce n'est pas l'extérieur qui forme l'intérieur pas plus de la plante que de l'homme.

C'est la qualité de la sève qui dès le germe prête à l'arbre sa forme, sa taille, sa couleur et sa configuration.

Cette sève sans contredit est une parcelle de lumière infinie transformée en suc végétal.

Chez l'homme cette sève divine s'appelle *âme*. C'est une étincelle plus resplendissante du créateur qui est en tout et qui est le centre de tout.

Comme chez l'arbre c'est l'âme qui dès le germe prête au corps sa forme, sa taille, sa couleur et sa constitution.

Quand l'extérieur d'un être humain an-

nonce des défauts intellectuels, ce n'est pas
le corps qui conditionne cette infériorité,
c'est l'âme et l'âme seule qui reflète son infériorité relative dans la constitution physique de la créature, absolument comme la
sève primitive plus ou moins abondante ou
vigoureuse de l'arbre, fait de l'un un chêne,
de l'autre un misérable arbuste.

On peut donc à l'extérieur se faire un jugement sur l'intérieur, comme de l'effet de
la raison remonter à la cause.

Huffland, qui a été intimement lié avec le
grand Mozart, raconte une conversation qu'il
a eue avec cet homme de génie, au sujet des
voix humaines.

Voici ce que Mozart lui disait :

« Je n'ai qu'à jeter un regard sur un
homme ou sur une femme pour savoir quel
genre de voix ils possèdent. Le ténor de
poitrine est trapu, et de taille moyenne. Sa
chevelure d'ordinaire est couleur châtain. La
voix de ténor la plus étendue et la plus com-
plète exige une constitution robuste, une
large poitrine bombée. Ces constitutions
sont petites de taille avec des cheveux châ-
tains, cette couleur annonçant une plus
grande somme de force que le blond ou le
brun. Ils ont en outre le cou long et épais,

la tête dégagée, les mains et les pieds relativement petits, mais ils sont plutôt laids que beaux. Quand un homme de grande taille a une voix de ténor, c'est *une voix de gorge*, qu'il perd d'ordinaire entre trente et quarante ans. Le vrai ténor, au contraire, est dans toute sa force à trente-cinq ans et sa voix parfois se conserve jusqu'à l'âge de soixante ans.

» Il en est de même de la voix de femme appelée *soprano*.

» Les grandes belles femmes ont d'ordinaire une voix de *contre-alto*, jamais un *soprano* pur.

» Les grandes cantatrices, — et on n'est jamais une grande cantatrice sans une voix de *soprano*, le ténor des femmes, — sont toutes de taille moyenne ou petite. Elles ont la poitrine large et de la gorge. Elles sont rarement très-belles, mais très intelligentes. Quand, par hasard, elles sont jolies, elles réunissent tout ce que Dieu a rêvé de beau, de grand et d'énivrant.

» Les plus beaux hommes ont d'ordinaire une voix de *baryton*. Les *mezzo soprani* sont les plus belles femmes. C'est pourquoi j'ai fait de mon Don Juan un baryton, car on m'a souvent reproché de n'en avoir pas fait un ténor. Mais un ténor est rarement un homme à bonnes fortunes. Le baryton est l'homme aimable de la société.

» Dès que l'homme dépasse la taille plus que moyenne, il a une voix de basse. Plus la taille monte, plus la voix descend ! Le baryton-basse et le baryton-ténor même peuvent se reconnaître à la taille. Le premier est plus grand que l'autre. Je n'ai connu *qu'un seul basse* petit et gros. C'était un monstre. Sa voix était aussi extraordinaire que lui.

» Il en est de même des *contre-alto* du sexe féminin.

» En général les ténors et les soprani sont d'une constitution plus robuste que les autres voix. Naturellement. Il leur faut plus de souffle ! Eux seuls tiennent tout. Ils réunissent, en effet, les trois voix humaines. Les barytons perdent souvent leur voix de bonne heure, et ces grands colosses de basse, que l'on croit si forts, j'en ai vu que de petits ténors renversaient d'un seul bras. Ils sont d'ailleurs plus souvent malades. En général, les petits sont plus robustes que les grands. »

Sur ces données, le docteur Huffland construit tout un système de psychologie extérieure, basée sur les quatre tempéraments de l'homme.

Il appelle à l'appui de sa thèse l'histoire du passé, aussi bien que les expériences du présent. Ainsi, à l'entendre, tous les grands hommes de l'humanité, grands par l'imagination et le caractère héroïque, étaient petits de taille et d'un tempérament sanguin et colérique.

J'avoue que le docteur ne m'a pas tout-à-fait convaincu. Je pourrais lui citer plus d'une exception, à commencer par Charlemagne, jusqu'à Schiller, qui était haut de taille et très haut de génie. Il est vrai qu'il était très faible de santé.

Selon Huffland, la circulation du sang étant plus rapide chez les personnes de taille moyenne, elles sont plus vives d'action, de geste et de volonté. Par la même raison, elles sont plus changeantes, plus capricieuses et plus sujettes à l'erreur.

La raison n'est pas toujours à la hauteur de l'esprit, mais en général les petits ont bon cœur (1).

Les hommes et les femmes hauts de taille,

(1) Un dicton populaire dit : « Il a la tête près du cœur. »

toujours d'après Huffland, sont d'ordinaire doux, polis de forme, parce qu'ils réfléchissent plus longtemps et que leurs mouvements sont moins rapides. Ils parlent bien mieux qu'ils n'écrivent, ils ont le sentiment de l'art, en un mot, ils ont de grands avantages, soit par leur extérieur, soit par leur intérieur, sur les tailles qui n'atteignent pas à leur hauteur. Mais outre qu'ils sont moins forts de constitution, ils ont rarement de l'ordre. Ils ne sont ni créateurs, ni inventeurs, ni persévérants de caractère.

« Les grands, dit un proverbe indien, se courbent, les petits restent debout. » Le docteur après avoir cité ce proverbe, ajoute qu'on domine plus facilement un peuple d'hommes grands, qu'une nation petite ou moyenne de taille. De là vient que presque tous les courtisans sont de beaux hommes. De là, enfin, vient l'infériorité des peuples du Nord — tous hauts de taille — vis-à-vis de ceux du centre de l'Europe.

Le docteur pousse encore plus loin ses déductions paradoxales.

Il compare les esprits aux voix.

De même que le ténor a des notes basses, moyennes et hautes, tandis que les autres voix n'ont que quelques notes, de même, dit-il, les esprits vraiment supérieurs, mais petits de taille, passent d'un sujet à l'autre — du mode majeur au mode mineur — mettant à la portée de tous, par un tour spirituel et amusant, les questions les plus ardues, et tirent des conclusions sérieuses des moindres futilités apparentes. Souvent ils touchent toutes leurs notes à la fois, comme un artiste les quatre cordes de son violon. Les esprits ordinaires, au contraire, sont monocordes. Seulement ils tirent parfois de cette seule corde des mélodies délicieuses. Je te ferai observer tout de suite, que ces esprits soi-disant monocordes ne sont pas précisement les plus mauvais maris, même s'ils ne sont pas petits comme les ténors de Mozart.

Ainsi donc, ma fille, te voilà avertie. Ton Huffland à la main, tu verras ce qu'il faut prendre, ce qu'il faut laisser de son système. En tout cas, il y a plus d'un homme grand à laisser, et pourvu toutefois que nous trouvions un de ces despotes, petit, châtain, d'une volonté forte et créatrice, fût-il rageur, tapageur en diable, nous laisserions les grands pour les grandes. Qu'ils se tirent d'affaire comme ils pourront. Il est vrai qu'en nous voyant si petits de taille et d'es-

prit, ils pourraient bien avoir les rieurs de
leur côté !

XXV

La reine Sébua, raconte le Talmud, pro-
tectrice et amie du rabbi Ekiba le Grand,
aussi distingué par sa sagese que par sa
laideur, lui demanda un jour : « Comment
une si belle âme se trouve-t-elle dans un si
laid corps ? »

Le rabbi, éludant la question, demanda à
la reine la permission de visiter les caves
du château, ce qui lui fut accordé.

La visite faite, Ekiba dit à la reine :

« Comment se fait-il que votre meilleur
vin se trouve justement dans un horrible
vieux tonneau de bois ? Un tonneau de mar-
bre ne serait pas de trop !

— Mais, s'écria la reine, le vin ne s'y
conserverait pas !

— Il en est de même de l'esprit, répondit
le sage. L'esprit, comme le vin, s'améliore
et s'épure en vieillissant. Il lui faut un tonneau de bois. »

Ceci, ma fille, te prouve que la beauté

physique n'est pas toujours la sœur insépa-
rable de la beauté spirituelle.

Je vais maintenant, et en dernier lieu,
te soumettre quelques observations physio-
logiques qui reposent sur des données ma-
thématiques :

L'être humain se distingue de l'animal
par différents signes extérieurs.

Les yeux de l'animal ne regardent jamais
en haut, et les regards ne convergent pas.

*L'orifice de l'oreille est placé plus haut
que l'orbite de l'œil.*

La tête humaine, tout en rappelant certains traits animalesques, a la forme des
astres (1). Elle représente deux ovales. Le
crâne, un globe ovoïde posé sur la figure
formant une autre ovale.

Tu pourrais induire de cette donnée :

D'abord la supériorité de l'homme sur
tous les êtres terrestres en ce qu'il se rapproche des formes célestes.

Puis, que les planètes et les astres vivent
et ont peut-être une liberté d'action comme
l'homme. Le progrès de l'âme humaine,
après la mort du corps, ne serait autre chose,

______

(1) Ce n'est pas une pure fantasmagorie de voir
dans la lune et le soleil une figure humaine.

d'après cette donnée, qu'une ascension vers la vie de l'éther céleste, ou une chute vers les degrés inférieurs de la vie animale.

Ce n'est pas ici le lieu de discuter ces graves et hautes questions.

Il me suffit de te dire, et de le dire avec certitude, que l'âme humaine trace sur le corps son degré d'intelligence ou d'animalité.

Ces traces ne se trouvent pas dans ce que nous appelons la beauté, mais dans le développement de certains organes de la face humaine.

Un homme d'idéal et de pensée a, d'ordinaire, le front large par la base et assez développé. Son crâne forme un ovale.

Tous les grands penseurs de l'humanité ont eu ce signe divin.

Un homme portant sur soi le cachet humain, a l'orifice de l'oreille placé *plus bas* que l'orbite de l'œil. L'animal même, qui se distingue par un certain cachet d'intelligence, rapproche ces deux lignes. Plus l'oreille monte (le singe, par exemple), plus il devient bête et méchant.

Si laid, si beau que soit un être humain de peau, de nez, de taille ou de forme, examine son front, son regard et son oreille, et non-seulement tu verras une face de son âme, non-seulement tu reconnaîtras le degré de son intelligence et de sa bonté humaine, mais, en général, tu feras une foule d'observations plus utiles les unes que les autres.

Pourtant, comme ces sortes d'études peuvent donner lieu à des erreurs ou à des abus, il faut en user avec une modération extrême.

Quant à moi, je t'avoue qu'elles m'ont parfois servi à juger certains hommes et certaines femmes, et que si j'avais à me marier, ce n'est point précisément la beauté du nez qui me déciderait !

XXVI

J'arrive maintenant à la question la plus grave, question à la fois sociale et philosophique, question vitale pour le bonheur des époux.

Dois-tu, peux-tu épouser un homme que tu aimes et qui ne professe pas ta religion?

Je tâcherai, mon amie, de me résumer, car cette question à elle seule comporte de longues dissertations religieuses.

Voilà bientôt trente ans que je m'occupe de l'étude des théologies de l'univers. Je vais en peu de lignes te communiquer le résultat de mes recherches scientifiques. Libre à toi d'en profiter dans le sens de mes conclusions, ou bien d'agir selon ta propre conscience.

Tu connais, ne fût-ce que superficiellement, l'histoire des religions de tous les peuples. Tu sais qu'il y a eu, qu'il y a encore une religion chinoise, bouddhiste, qu'il y avait des païens professant le polythéisme, qu'il y avait, qu'il y a encore une religion israélite, turque, catholique, protestante, sans compter diverses autres sectes qui ont surgi depuis peu de temps. Ma fille, ces différentes religions répondent toutes à un état intellectuel, c'est-à-dire, à un esprit particulier représenté d'abord par un homme, puis par plusieurs groupes d'hommes, puis enfin par des nations entières.

Écoute-moi avec toute l'attention intelligente dont tu es capable.

S'il existe un créateur — et il n'y a pas à en douter, car les sceptiques les plus enragés sont forcés d'admettre une *force primitive et créatrice,* se transformant continuellement — l'homme, qui est plus près de lui que toutes les autres créatures, a toujours existé *tel que nous le connaissons.* Car, pour si bornée que soit notre raison, il lui est impossible d'admettre un instant un créateur tout-puissant qui crée un être et qui le perfectionne seulement avec le temps en se perfectionnant soi-même. Ou Dieu n'existe pas, ou il existe. Dans le premier cas, ce serait l'homme qui serait Dieu, puisqu'il ne peut vivre un instant avec son semblable sans proclamer un principe divin et spirituel, en vertu duquel le plus fort fait son devoir, pour que le plus faible jouisse de ses droits, car il y a toujours un plus fort. Qu'on appelle l'accomplissement de ce devoir : conscience, piété ou vertu, toujours est-il que c'est un principe spirituel, idéal, véritable privilége humain, au nom duquel l'homme seul sociable, crée le lien de la société, que l'on nomme *Religion.*

S'il est un Créateur, il doit être juste. On ne peut donc pas supposer qu'il ait maltraité les premiers humains de la terre, ses enfants comme nous, et qu'il les ait condamnés à l'erreur jusqu'à la venue de Moïse et de Jésus.

Si Dieu avait attendu des milliers de siècles pour révéler la vérité, ou il ne l'eût pas connue lui-même avant cette époque, ou il serait injuste et inconséquent.

S'il avait préféré tel peuple pour lui révéler la vérité aux dépens d'un autre, il ne serait qu'un despote, ayant ses favoris et distribuant des religions de différentes qualités et de diverses classes.

Il a surgi en Europe un tas de médiocrités, prenant le titre de savants, rabâchant de vieilles erreurs, qui prétendent sans rire que l'homme, au lieu d'avoir été créé par une force supérieure *a évolué* (c'est là leur mot) de la matière tout seul et qu'il a passé par plusieurs formes. D'aucuns prétendent même, toujours sans rire, qu'il a été engendré par un singe et une guenon. Ce sont ou des charlatans d'athéisme, ou de facétieux crétins. Sache, ma fille, que tout l'Univers n'est gouverné *que par une seule et unique loi*. Qu'il n'y a qu'une seule et unique vérité contre mille erreurs, comme il n'y a qu'une santé contre mille maladies et que la même loi qui gouverne le monde visible avec toutes ses espèces, gouverne également tous les mondes invisibles. Or, d'après cette loi, NULLE FORCE NE PRODUIT JAMAIS UNE AUTRE FORCE ÉGALE A SOI, DANS AUCUN MONDE PHYSIQUE, OU MÉTAPHYSIQUE. Une force illibre ne saurait donc jamais produire une force libre. Si le singe pouvait créer un homme, qui a le verbe et la liberté, il aurait commencé par lui-même. La terre, si puissante qu'elle soit, étant sans volonté, ne peut même pas créer un cheval, un chien ou un éléphant, bêtes qui ont du raisonnement et une volonté, à plus forte raison un homme, l'être le plus libre, créé à l'image de son Créateur, force supérieure à tout ce que l'homme connaît et imagine.

L'homme a été créé et son Créateur s'est révélé à lui dès le moment qu'il lui a donné la raison, selon le degré de cette raison même.

Les conceptions religieuses différentes les unes des autres, qui ont toujours existé se mesurent sur les lumières plus ou moins complètes de cette raison, ou sur les passions injustes des humains qui les ont toujours éclipsées, ou sur des intérêts de castes qui ont employé leurs forces à maintenir les peuples dans l'erreur, pour les maintenir dans l'esclavage ou dans la dépendance.

Ces religions s'élèvent plus ou moins haut vers la vérité idéale, selon le degré plus ou moins élevé de la raison ou de la passion de

l'homme ou des hommes qui les ont procla-
mées.

Un homme doué de peu de raison, qui,
comme tu sais, n'est que lumière, et qui
juge selon l'instinct du sentiment, ne com-
prend ni ne saurait concevoir le Créateur
que comme un enfant qui se fait une poupée
devant laquelle il se met à genoux pour
l'adorer, sauf à la briser en morceaux un
instant après, parce qu'elle n'a pas répondu
à ses désirs.

Cet homme-là a créé le *fétichisme*. Car, re-
marque bien qu'il n'exista jamais d'homme,
pour si brute qu'il fût, qui n'eût levé les
yeux vers le ciel pour y chercher l'être
supérieur, un père, un créateur et un conso-
lateur. Il y a toujours dans la poitrine d'un
humain l'embryon de l'idéal divin. Il n'est
point de sauvage, ni d'anthropophage qui
n'ait son fétiche. Seulement cet homme ne jugeant que d'instinct, ne connaît que la force
brutale et la jouissance matérielle. Et
quand il a un ennemi, il cherche à le tuer et
même à le manger.

A côté de cet être humain, peu supérieur
à l'animal, se trouve et s'est toujours trouvé
un autre, ayant une dose de raison divine
plus forte, en vertu de laquelle il reconnaît

certains droits à son semblable, parce qu'il lui reconnaît certaines forces qu'il ne possède pas. Tu le vois, le progrès, si insensible qu'il soit, commence toujours par la connaissance de soi-même. Cet homme donc, voyant que tout être humain possède des qualités propres, a déifié ces forces et ces qualités, et a proclamé certains devoirs des uns et certains droits des autres. Dès lors, cet homme n'a plus tué son ennemi ; il s'est contenté d'en faire son esclave. Cet esclave, à lui inférieur, a un dieu, inférieur, il est vrai, mais il a un dieu. Lui, le maître, se prétend issu d'un dieu noble, patricien, supérieur. De là, ma fille, vient l'idée de la noblesse. Il est, il y a toujours eu, des hommes polythéistes qui se croient les représentants des forces invisibles et supérieures, vis-à-vis de leurs semblables qu'ils considèrent comme leurs inférieurs et fils des forces inférieures. *La noblesse est païenne.* Elle est inadmissible sans esclaves, ou du moins sans serfs.

Au-dessus de cet homme païen se trouve et s'est toujours trouvé un être doué d'une plus grande dose de divine raison, c'est-à-dire de lumière cristallisée, voyant en avant et en arrière d'elle, qui a reconnu d'intuition

la grande vérité de l'*unité de l'Etre Créateur
et du genre humain,* de l'unité de la force
primitive devant laquelle toutes les autres
forces vivantes sont *égales* bien que *diverses*
dans leurs fonctions. Ce fut là un immense
progrès ; car, dès que tous les humains sont
égaux devant le Créateur, les droits de l'un
jaillissent des devoirs accomplis de l'autre.
Dès lors, plus d'esclavage, plus de servage,
plus de servitude, plus de priviléges ; car
l'un ne doit pas faire à son semblable ce qu'il
ne veut pas qu'on lui fasse ! C'est le règne
de la Justice ordonnant de faire le bien et
empêchant le mal par la loi. Le bien fait
volontairement s'appelle *Vertu.* Le bien fait
forcément s'appelle : *Justice.* Du mal puni,
en effet, peut jaillir le bien. Si le voleur est
arrêté, le travailleur honnête peut jouir de
son bien. Si l'assassin est châtié, l'homme
paisible jouit de la vie. C'est le commence-
ment de la civilisation, une société basée
sur la justice et l'égalité devant Dieu.

De tout temps, je te le répète, il fut des
hommes qui ont entrevu et proclamé cette
vérité. Moïse l'a énoncée dans toute sa
splendeur. Seulement le nombre des hommes
qui l'ont reconnue était moindre qu'aujour-
d'hui. Le *progrès social consiste en ce que*

*par l'instruction, c'est-à-dire par l'enlè-
vement des causes qui obscurcissent la
raison, la majorité des hommes avancent
de la première et de la seconde phase au
troisième degré de civilisation.*

Mais ce troisième degré n'est pas encore
l'idéal de l'humanité. Au-dessus du règne
de la *Justice* est le règne de l'*Amour* et de
la *Solidarité.*

Sous le règne de la *Justice* même tout
homme se considère comme un petit monde
à part qu'il appelle *moi.* Tout autre homme
est pour lui un *non moi.*

Dans le règne de la justice, tout en garan-
tissant à tout être humain ses droits, le *non
moi* n'est pas identifié avec le *moi,* l'humanité n'est qu'une *agrégation* des différents
petits mondes juxtaposés, des divers *moi,*
dont chacun a ses lois, ses devoirs et ses
droits.

Il n'en est pas de même dans le règne de
l'*Amour* et de la *Solidarité.* Dans ce règne,
tous les hommes ne forment qu'un seul *être*
collectif, qu'on appelle *Humanité,* et qui
dans son entité est une force unie, émanée
de la force infinie, primitive, créatrice, que
l'on appelle Etre suprême, ou Dieu.

Tout homme donc qui se présente à ma

raison est un *second moi* sous une autre forme. Moi, je suis fort, mon frère est un moi faible; ensemble ne faisant *qu'un*, le moi fort doit se sacrifier au moi faible. C'est là l'amour. Amour, cela veut dire incarnation, absorption de toutes les créatures dans *un seul Etre !*

Dans ce sacrifice même gît la suprême félicité, car le *moi* qui se sacrifie pour le *non moi* vient à son propre secours. Ce prétendu sacrifice n'est qu'un sublime égoïsme. Le *moi* ne se reconnaît, en effet, que dans le *non moi*. Le cœur ne se sent qu'en se donnant. L'homme n'existe soi-même qu'en aimant un de ses semblables. C'est la Solidarité, l'amour universel qui s'étend sur toutes les créatures; solidarité qui les rend toutes responsables les unes des autres et qui les soumet toutes à la seule et unique *Loi* qui s'appelle *Dieu.*

C'est là l'idéal de la vraie religion.

Il y a toujours eu des hommes, des êtres supérieurs qui se sont sacrifiés pour leurs semblables, et qui, par ces actes, out proclamé la loi de l'amour. Seulement ils étaient en petit nombre. *Le progrès, je te le répète, consiste toujours à faire comprendre aux hommes la grande vérité de*

leur Solidarité, à les empêcher, non-seule-
ment de ne pas faire à leur prochain ce
qu'ils ne veulent pas qu'on leur fasse, mais
encore à ne pas permettre qu'une injus-
tice soit faite à aucun être, homme, bête,
plante et minéral.

Moïse a entrevu cet idéal en disant : « Tu aimeras ton prochain comme toi-même. » Boudha aussi l'a énoncé ; l'Evangile a répété cette vérité à plusieurs fois.

L'humanité marche, quoique à pas lents, et parfois en reculant, vers cet idéal d'amour.

Dès aujourd'hui donc tu cesseras de classer les hommes selon la religion dans laquelle ils sont nés.

Ces religions, tu le vois, ont toujours existé ; seulement, grâce à la loi du progrès inhérent à l'humanité, l'homme avance dans la voie de la lumière, qui est la voie de la Justice d'abord, de l'Amour et de la Solidarité après.

Aujourd'hui encore il est des Catholiques, des Turcs, des Juifs et des Protestants dont la raison n'a pas dépassé le degré des premiers hommes qui ont adoré des fétiches. Ils sont sauvages et anthropophages, car ils offriraient de bon cœur des sacrifices humains à leur dieu, et ils croiraient obtenir de lui des faveurs particulières dans l'autre monde et surtout dans ce monde-ci par ces holocaustes humains. Ils haïssent et poursuivent des hommes, toujours meilleurs qu'eux, et s'ils avaient le pouvoir, ils les brûleraient ou du moins les priveraient de tous leurs droits humains, pour s'emparer de leurs dépouilles.

Si jamais tu aimes un tel homme, l'appelât-t-on un saint, mieux vaudrait pour toi mourir d'apoplexie que d'épouser la haine, l'injustice et le fanatisme de ce malheureux !

Mais si tu distingues un homme qui non-seulement est juste envers son semblable, mais encore qui le glorifie par l'amour, par le sacrifice d'un intérêt, ou bien qui a risqué sa vie, sa fortune pour un principe d'honneur, pour sauver son frère, cet homme fût-il juif, indien, chinois, hottentot ou papiste, il est digne de devenir ton mari. Tu seras plus heureuse avec lui qu'avec un faux dévot de ta religion, et en l'épousant tu plairas à Dieu, à tous les hommes, à toutes les femmes d'élite, tes frères et tes sœurs en amour et en œuvres de bien.

La religion ne consiste pas en paroles, prières et chants, mais en œuvres. Tout homme qui fait le bien est ton coreligionnaïre, ton frère. Celui-là seul qui fait le mal est un hérétique et doit l'être.

Il n'y a point d'autre religion vraie que la Vertu et la Justice.

Il n'y a point d'autre hérésie que le Vice et l'Iniquité.

Nos pères, pénétrés de cette vérité, ont créé le mariage civil, pour n'avoir plus besoin des prêtres, qui furent souvent des instruments de fanatisme, d'obscurantisme et de haine.

Le mariage civil est une des plus grandes conquêtes du progrès moderne. La France, qui, la première, l'a inscrit dans son code, peut en être fière.

Ce mariage proclame l'égalité de tous les hommes dans l'amour.

Il rapproche, unit tous les nobles cœurs qui cherchent à s'absorber dans l'amour divin du beau, du vrai et du bien. Il promulgue la loi de *l'œuvre* et bannit l'hypocrisie de la FOI simulée par la lettre et la parole.

Le mariage civil ne disparaîtra que lorsque la religion matérielle sera à la hauteur de la pensée idéale.

Si tu aimes et épouses un homme né de ta religion, tu peux faire consacrer ce mariage par un **prêtre** de bien que vous connaîtrez.

Mais si tu aimes un homme de bien né dans n'importe quelle autre religion, le mariage civil non seulement te suffira, mais tu tiendras à honneur de le faire savoir à toutes tes connaissances. Ce sera une véritable pierre de touche pour reconnaître les personnes de raison et de bien dignes de ton estime et de ton amitié.

XXVII

Malgré toute la prudence et toute la sagesse humaine, l'homme n'est pas au-dessus du destin; mais, s'il a fait son devoir, le destin lui-même, fût-il de fer, fatiguera ses dents contre ce bouclier.

Il se peut que, nonobstant mes conseils, et peut-être par ces conseils mêmes, tu te lies à un homme indigne de posséder l'amour d'une femme. Ils se peut que tes qualités elles-mêmes deviennent la cause de ton malheur. Mais Dieu, qui n'a pas donné à l'homme le pouvoir de se rendre heureux, lui a du moins donné la liberté, le libre arbitre pour opposer à l'adversité un cœur pur de fautes, vierge de remords.

Tu peux être malheureuse malgré moi, ma fille, mais personne, pas même Dieu, ne peut t'ôter le bonheur, la grandeur, la splendeur de la vertu, si tu veux rester vertueuse.

A partir d'aujourd'hui je puis te laisser seule ; car si tu dois tomber, moi-même je ne pourrais t'en empêcher. *Une vertu qui a besoin d'une sentinelle ne vaut pas la guérite.*

Que si tu violais ton devoir, si tu brisais ton bonheur, tu resterais toujours ma fille mais tu ne serais jamais une femme !

APRÈS LE MARIAGE

Te voilà mariée, ma fille, et mariée sans dot, car ton mari, en demandant à unir son sort au tien, ne savait pas que tu étais plus riche que lui, ou du moins n'avait aucune connaissance des économies destinées par ton père à tes enfants. Le jeune homme que tu as choisi n'est pas précisément un idéal de mari ; il n'est ni beau ni riche ; il n'inscrira jamais son nom dans les fastes de la gloire. Veux-tu que je te dise toute ma pensée : je ne l'aurais pas distingué pour

mon gendre, si tu n'avais pas attiré mon
attention sur lui. Mais, je dois en convenir
avec toi, s'il n'est pas destiné à devenir un
grand homme, il sera toujours un bon mari.
Il a été bon fils, excellent frère, il a de l'instruction ; il sera, je l'espère, un modèle de
père de famille !

Tu m'as assuré que c'était tout ce qu'il
fallait pour ton bonheur. Je t'ai applaudie
et te voilà bientôt mère de famille !

La vérité est que tu as toutes les proba-
bilités de bonheur pour toi. *Tu aimes ton
mari.* C'est là le point essentiel pour la félicité d'une femme mariée. Tu l'aimes pour
ses qualités morales, et autant et plus que
pour sa beauté et sa jeunesse. En t'unissant
à lui, tu savais qu'outre les soins du ménage,
tu alliais ton esprit, ton intelligence et,
s'il le fallait, ton travail, à l'esprit, à l'intelligence et à l'industrie de ton mari. Avec
la concorde, le contentement demeurera avec
vous, et la fortune, beaucoup moins capri-
cieuse qu'on ne le croit, viendra probablement
vous tenir compagnie, quoique vous puissiez,
à la rigueur, vous en passer. N'oublie pas,
ma fille, que ce bonheur domestique sera
exclusivement ton œuvre. La société assure
bien à l'épouse certains droits après l'accom-

plissement do ses devoirs ; mais le bonheur conjugal est partout et toujours l'œuvre de la femme.

Et ne va pas croire qu'il te suffise de rester vertueuse. Ton mari, il est vrai, malgré toutes sortes d'écarts qu'il pourrait se permettre, reculera toujours devant ta vertu comme devant un roc inébranlable. Il te respectera, mais le respect n'est pas le bonheur. Si fort que soit l'amour d'un mari pour sa femme, si supérieure que soit la femme à son mari par l'esprit et la grâce, le bonheur du ménage ne saurait être fondé et consolidé que par la douceur, que par la dignité de l'épouse ! L'époux doit posséder certaines qualités de modération ; bien élevé, il peut ne jamais dépasser les bornes de la politesse : mais toutes ces qualités sont négatives. Et qu'est-ce qu'un bonheur, hélas ! s'il n'est que l'absence du malheur !

Tu as lu un conte de ton père intitulé : *La reine de soie et la reine de fer.* Dans ce conte j'ai tâché d'établir cette vérité, à savoir : que si forte que soit la *reine de fer* par sa beauté, son esprit et sa vertu, la *femme de soie* l'emportera sur elle, et seule elle ne bâtira pas son bonheur sur le sable !

L'homme violent ou doux de caractère,

rongera ou brisera le frein qu'une femme, surtout la sienne, voudra lui imposer, ne fût-ce que par moments. Pour que l'homme obéisse comme un enfant à une femme, il faut que cette femme elle-même soit toujours enfant avec lui ! Un homme qui ne cède pas à la colère d'une femme en rira ou s'en vantera ; mais un homme qui ne cède pas à la douceur, surtout si la raison en dicte les termes, est un monstre ! Sois toujours douce et réservée. Observe-toi bien vis-à-vis de ton mari. Tu peux t'abandonner à tes humeurs nerveuses avec tes domestiques et tes amies, jamais avec ton mari. Pour lui, tu dois toujours trôner sur l'autel de la dignité supérieure. Veux-tu qu'il reste toujours à genoux devant toi, même s'il reste debout, tiens-toi dans une atmosphère élevée et éthérée de calme, de douceur et de raison. Même quand il t'attirera par ses tendresses à son niveau, il se baissera pour t'adorer.

L'homme ne demande pas mieux que d'adorer la femme, fût-ce la sienne !

Ah ! si ton mari était un grand homme, un homme illustre, tu pourrais parfois descendre de ton trône et prendre le rôle de muse inspiratrice ; mais telle que je te vois mariée, tu es et tu dois rester la reine de la maison.

Cela n'est pas facile, tu en conviendras. Il faut pour cela une grande force d'âme, une forte dose de raison, une plus grande somme de modération et une dignité gracieuse que la femme n'acquiert pas toujours par l'éducation.

Que si tout cela t'ennuie, que si tu aimes mieux décolleter ton âme et mettre parfois ton cœur à l'envers, libre à toi ! Mais alors ce n'est pas toi qui commanderas en faisant semblant d'obéir ; au contraire, tu auras toujours l'air d'être la maîtresse de la maison, et en vérité tu en seras l'esclave. La vie sociale entre humains, même entre époux, est une comédie. L'apparence ne répond jamais à la réalité. L'image de la vie se photographie toujours dans un sens inverse ; elle n'est réelle et sincère qu'entre l'homme et Dieu !

Je ne te prescris rien, je t'expose les éléments de bonheur positif ou négatif. A toi de choisir selon ta nature et ta raison !

Qu'il me soit permis maintenant, avant de te quitter, de te parler de ta vie sociale et publique ; car, aimant l'esprit, la causerie, la lecture, les beaux-arts et la science, tu ne resteras pas confinée dans tes quatre murs avec ton mari, ta bonne et tes enfants. Et tu as raison ! Tu es d'abord épouse, mère de famille ; mais après, tu es Française. Avant même d'être épouse et Française, tu es femme, c'est-à-dire un être pensant, auquel rien d'humain ne doit rester étranger, et tout ce qui t'intéressera intéressera tôt ou tard ton mari et tes enfants !

Te rappelles-tu une promenade de soir que tu as faite au bras de ton père du temps de l'éclosion de ton imagination ? Le reflet de l'horizon en feu dorait tes rêves ; ta jeune âme bondissante débordait d'idéal, et t'arrêtant en contemplation devant la beauté infinie de la nature, tu t'écrias : « Oh ! c'est beau comme la gloire ! »

Je n'ai jamais oublié ce cri involontaire de ton âme ; j'ai cherché à me l'expliquer, car, en vérité, il était un écho de l'âme de ton père.

Oui, la gloire est belle comme la nature infinie, comme l'immensité dans la création, et elle est tout aussi universellement adorée que la divinité.

Les hommes les plus matériels aiment la gloire, sans pouvoir se rendre un compte exact de ce sentiment. La femme surtout, dans ses premiers rêves, quand l'âme ne s'est point encore ternie au souffle de la vie, est amoureuse de toute gloire, de tout homme sur le front duquel brille un rayon de cette auréole divine. La femme se sent enlevée vers la gloire, non comme le fer vers l'aimant, mais par des bonds électriques.

Toute jeune fille à l'âme vibrante rêve un mari glorieux.

Il est vrai que malgré ce sentiment, il est bien peu de femmes qui aient su vivre pour la gloire d'un homme. Comme mari, d'ailleurs, le grand homme n'est pas précisément un idéal. La gloire donne rarement un équipage à sa femme. Souvent, se nourrissant de sa propre essence, elle n'a pas de quoi payer le loyer d'un appartement. La gloire n'est pas bonne ménagère et je crois que tu as bien fait d'y renoncer comme amour. Mais ce que l'amour refuse, l'amitié le donne et le donne d'une manière plus gracieuse, avec plus de dignité et plus de constance.

Ainsi, quoique mariée et aimant ton mari, ton âme a soif d'idéal, et si vertueuse que tu sois, tu ne te refuseras pas d'aimer les hommes que Dieu a marqués de son sceau glorieux. Tu les rechercheras, au contraire, car, tout en travaillant pour ton mari et tes enfants, tu sens le besoin de ton propre agrandissement. Ton âme affective et appétante tendra naturellement à s'implaner dans un orbe plus vaste, à se mettre sous un rayon divin, puissant, central et lumineux !

Ce sentiment est naturel à toutes les âmes. L'homme, quoi qu'il fasse, quoi qu'il dise, n'a point son centre de gravité dans ce monde. Son cœur, dont il parle tant, n'est qu'une montre inerte de ses sensations ; c'est une pompe foulante poussant le sang vers les artères et l'aspirant par les veines. Le mouvement, la vie, lui vient du cerveau, siége de la raison. La raison, l'âme, la volonté sont identiques, et c'est l'âme qui donne au corps sa forme, sa constitution et ses mouvements !

Cette âme est plus ou moins grande, plus ou moins vaste, c'est-à-dire elle est composée de plus ou moins d'atomes d'âmes, comme toute lumière est composée de plus ou moins de vibrations et tout sang de plus ou moins de globules,

Tout ce qui est, existe par la même loi. Je te l'ai déjà dit, non-seulement la création est *une*, mais encore *le procédé de créer* est forcément le même en tout. Quiconque a pénétré l'essence d'une loi les connait toutes.

Nous voyons la création partir du chaos et tendre vers l'unité harmonique. De même l'histoire procède par élimination et aspire à l'unification. De même ce qui vit isolément cherche à se grouper pour grandir dans l'union. La création tend à imiter le Créateur. Les êtres aspirent à s'unir dans l'Etre. C'est là l'appétence de tout ce qui existe. S'unir pour s'agrandir.

On ne s'agrandit, en effet, qu'en s'unissant à d'autres parties ou qu'en les absorbant. Il en est de même des astres. Des étoiles tendent à se grouper et à devenir planètes. Le soleil lui-même doit aspirer à s'agrandir et à s'unir en Dieu. Donc, toute âme de sa nature attire d'abord d'autres âmes et s'élance vers un centre plus lumineux, afin de s'y implaner et de s'agrandir par l'unification.

Voilà la raison de l'attraction naturelle qu'exerce la gloire sur tous les nobles cœurs. L'âme d'un grand homme est plus grande que celle d'un homme ordinaire. On a dit que Shakspeare avait dix mille âmes. La vérité est qu'il serait impossible à un poète de créer logiquement tant d'êtres qui ne sont nullement fictifs, sans en posséder l'essence.

Schiller dit avec raison : « Carlos vit, vibre et remue en moi comme l'enfant dans les entrailles de sa mère. » Que ces grandes âmes aient déjà fait plusieurs évolutions dans la vie, ou qu'elles soient astres vis-à-vis d'étoiles, peu importe ! Toujours est-il qu'elles en attirent d'autres par une force irrésistible et qu'elles les implanent dans leur orbite, en vertu des lois de l'attraction et de la gravitation.

Ici, ma fille, je torche à un point plus accessible à la majorité des humains.

Tout homme espère revoir là-haut les âmes qu'il a aimées ici-bas. Ce sentiment est universel, donc il est vrai !

Il indique clairement que les âmes se groupent et s'agrandissent par l'association absolument comme les corps.

De là vient que, même dans les pays où le mariage est considéré comme un sacrement, il est permis aux époux survivants de se remarier. Ainsi, si tu as le malheur de perdre ton mari que tu as aimé, tu peux te remarier ; mais loin d'oublier ton premier mari, parle souvent de lui à ton mari vivant, fais qu'il en aime le souvenir et les actions, et comme les âmes n'ont pas de sexe, vous pourriez, en vous aimant et en vous attirant, ne former qu'un seul groupe et vous agrandir en Dieu par l'amour et la vertu.

Donc, toute mariée que tu es, ton âme peut se sentir attirée vers la gloire et avoir le désir de s'implaner dans l'âme plus lumineuse d'un grand homme.

Seulement, si tu aimes ton mari, tu l'emporteras dans ce tourbillon et tu lui inspireras les mêmes sentiments. La soif de l'idéal se communique ; quiconque a humé une goutte de nectar ne sera jamais désaltéré. Le parfum même qu'il répand est communicatif. Il attire et donne le vertige. L'homme, depuis sa naissance jusqu'à sa mort, court et crie après Dieu comme un faon après la biche, comme un enfant après son père.

Tu seras donc l'amie des grands hommes de ton époque. Ton âme, altérée de gloire et gravitant naturellement vers un centre plus lumineux, aspirera à s'implaner dans une âme formant groupe et capable de l'enlever dans son vol dans les hauteurs où seule elle n'arriverait jamais.

J'ai dit : tu seras l'*amie* mais jamais la *maîtresse* d'un grand homme. L'union des corps, loin de contribuer à cette implanation, y est parfois un obstacle. C'est un mirage, plus

souvent une hypocrisie de chair ! L'amour
est plus ou moins que cela. L'amour, certes
n'empêche pas l'incarnation idéale de deux
âmes, mais il n'en est pas la cause. Les âmes
d'un homme et d'une femme ne s'engrènent
pas *parce que* leurs corps se sont unis, mais
malgré cette union momentanée. L'alliance
des âmes est éternelle, ni le temps, ni l'es-
pace ne peuvent rien contre elle. L'union des
corps n'ayant pour but que la procréation
des êtres, est fugitive et ne se sanctifie que
par l'idéal de l'amitié !.

Certes, l'amour qui se transfigure en
amitié est tout ce qu'il y a de plus beau sur
la terre, mais l'harmonie des âmes et des
corps est chose très rare, et c'est un grand
bien ! Si tu étais forcée de te priver d'amour
et d'attendre ton idéal pour le transformer
en mari, tu serais probablement morte
vierge.

Aussi, verras-tu très souvent les grands
hommes et les grandes femmes gaspiller
leur amour et aimer des hommes et des femmes plus qu'ordinaires. Eux aussi, ont soif
d'âmes pour s'agrandir. Mais ils ne s'assi-
milent nullement toutes les âmes des corps
qu'ils ont aimés un instant. Il faut pour cela
une communion plus intime, une double pé-

nétration, une entière absorption, et si ce
procédé devait être l'amour, il serait trop
restreint. Quoi qu'il en soit, tu es mariée, tu
dois le bonheur à ton mari et à tes enfants,
lequel bonheur dépend uniquement de ta
vertu.

Que ton âme soit à la gloire, à tout ce qui
est beau, grand, divin, mais que ton corps
appartienne uniquement, exclusivement à
ton mari, même si tu ne peux pas le soule-
ver pour l'implaner dans le centre rayon-
nant d'une âme-planète.

Je désire donc que tu reçoives dans ton
salon toutes les âmes d'élite de ton époque,
tout ce qui projette autour de soi un rayon
de gloire idéale.

Cela te sera facile, car la gloire même
tend à s'irradier et cherche l'atmosphère
pure et éthérée, à travers laquelle ses rayons
se reflétant, lui parviennent plus purs et
plus intenses.

Il s'agit seulement de distinguer et de savoir choisir.

Point n'est besoin d'avoir de la fortune.
La vraie gloire ne se laisse pas attirer par la
matière dorée.

L'idéal recherche l'idéal, et la lumière
s'élance vers la lumière.

Ce qu'il faut, c'est de savoir distinguer la vraie de la fausse gloire, le talent du succès, l'esprit du clinquant; c'est de savoir s'isoler, par une nuée de feu céleste, au milieu d'une société matérialisée qui nie l'idéal, comme la taupe doit nier la lumière.

La réputation, le succès, la vogue n'est pas la gloire. Un homme d'Etat, un évêque, un ministre, un fonctionnaire qui touche cinquante mille francs par an et demeure dans un palais, si salutaire que soit son influence, ne peut pas prétendre à la gloire.

Un écrivain, fût-il un génie, un sculpteur, un peintre, qui fait une œuvre dans un but d'intérêt, en flattant les passions des dispensateurs de succès et d'argent, n'a pas ou plutôt n'aura pas de gloire !

Un soldat, si courageux qu'il soit, qui donne son sang en échange d'un grade et des honneurs, sans servir en même temps un idéal de patrie et d'humanité, n'a, ni n'aura pas de gloire !

Tout ce qui se fait, fût-ce même grand en apparence, dans un but d'intérêt terrestre, ne survit pas à l'homme.

Tout homme peut se rendre nécessaire et gagner notre estime. Le balayeur des rues

est pour le moins aussi estimable, plus
même, que le rédacteur d'un journal qui a
créé sa feuille dans un but de lucre, soit par
le scandale, soit par les annonces, soit même
dans une intention de succès de parti. Le
manufacturier, le cordonnier, le tailleur,
sont plus respectables que le fabricant de
pièces de théâtre, faisant flèche de tout bois
pourri et n'ayant en vue que le succès, que l'é-
loge des femmes et des hommes corrompus.

La gloire est une émanation directe de
Dieu.

Dieu ne s'est jamais montré aux humains
en leur disant : *Adorez-moi*. Il sacrifie jusqu'à son être !

Plus l'homme s'approche de Dieu, moins
il tient à l'éloge des hommes et plus il travaille pour eux.

On peut dire que la gloire humaine se ma-
nifeste dans *la sincérité de l'homme envers
soi-même, envers son prochain et envers
son Créateur*.

Tout ce que l'homme croit sincèrement,
voit sincèrement et travaille sincèrement, a
sa valeur et laisse une trace lumineuse.

Quand un maçon met une pierre sur
l'autre, quand un commerçant étale sa mar-
chandise pour gagner de quoi nourrir une

femme, un enfant, un père ou un frère, cet homme non-seulement est un être estimable, mais par l'idéal divin qui le fait travailler, il a sa part de gloire.

L'écrivain qui fait un livre dans un but d'élévation de progrès idéal et physique, se trompât-il du tout au tout, est un homme estimable. Il survivra à lui-même.

Il en est de même de tout artiste, de tout travailleur, de tout créateur.

Un soldat qui risque sa vie pour l'honneur, la défense de sa patrie, mérite de la gloire et son âme s'implanera dans un groupe glorieux.

Une femme belle, jeune mais vertueuse, sacrifiant sa passion, non à un mari qu'elle aime, mais à un idéal de vertu, mérite non-seulement le respect, mais une vraie gloire. Elle ne lui manquera pas. Nulle malhonnête femme, quelle que fût son élévation, n'a, ni ne saurait avoir de vraie gloire. De malhonnêtes écrivains ont beau la glorifier, glorificateur et glorifiées, tout disparaîtra dans l'oubli du mépris.

Si tu veux jeter un coup d'œil, ma fille, sur l'histoire et les grands hommes qui ont vécu depuis six mille ans, tu verras que l'humanité a été très avare de vrais titres de gloire.

Le nombre des hommes sur le front desquels elle a posé un nimbe de gloire immortelle, ne s'élève pas à *cinquante*. L'humanité, par élimination et absorption, va de la variété à l'unité, et tout homme qui n'est pas *universel*, c'est-à-dire *humain* dans toute l'acception du mot, ne se survit pas. Tout homme préoccupé exclusivement de sa personnalité, de sa famille, de sa langue, de sa patrie même, disparaît avec sa personne, sa famille, sa langue et sa patrie. Tout homme qui croit à la mort *mourra!*

Mais si les grands hommes sont rares, si les hommes en vue dans les arts, dans les lettres, dans la politique sont rarement les élus de la gloire, il en est, et en grand nombre, qui sans faire beaucoup de bruit, vivent pour un idéal, travaillent à leur propre ennoblissement, croient à l'immortalité de leur âme, au progrès de l'humanité, et peuvent s'implaner et former des groupes immortels.

Tu peux donc aujourd'hui même te mettre en communion d'amitié avec tous les esprits qui sont *sincères* et qui ne sont pas comédiens d'opinion, de talent, de philosophie, d'art et de religion.

Jamais à aucune époque il n'y eut en

France tant d'hommes de talent à la fois que depuis 1820 jusqu'à 1870.

Et jamais époque ne fut plus stérile.

C'est que de tous ces hommes, progressistes comme réactionnaires, le génie excepté, pas un ne fut *sincère* avec son talent, son Dieu et son prochain !

Au lieu de se mettre sous un rayon central, ils ont tous été centrifuges comme la matière. Aussi se sont-ils dissous dans leur propre néant.

Autant d'étoiles désorbitées et filant des courbes et des cabrioles, pour disparaître dans le néant.

Et sais-tu ce qui leur a manqué ?

Une grande femme de Vertu !

Un grand homme de Justice !

C'est-à-dire le suprême beau par le suprême vrai, niant la mort, affirmant la vie éternelle et représenté dans la femme par la *Vertu*, dans l'homme par la *Justice !*

FIN

aris, imp. V. Fillion et Cie, rue des Martyrs, 18 et 18 bis.

www.ingramcontent.com/pod-product-compliance
Lightning Source LLC
LaVergne TN
LVHW010402060726
842526LV00005B/1453